LIBERTE-SE

Mónica Benítez

CAPÍTULO 1

<u>Olga</u>

Chegou o dia, o dia e a hora, e aqui estava eu, plantada na porta do consultório da psicóloga, debatendo comigo mesma entre bater na portar e fazer a consulta que já tinha agendado, ou dar meia volta e sair correndo e nunca mais voltar. Agendar uma consulta foi muito difícil para mim, porque eu não sabia muito bem o que iria contar, nem ao menos sabia se o que estava acontecendo era um problema, e caso fosse, eu duvidava muito de que alguém pudesse me ajudar. Eu estava começando a ficar um pouco preocupada e desesperada também.

Deixe-me apresentar-me, me chamo Olga, sou responsável pelos Recursos Humanos em uma empresa automotiva e acabo de fazer trinta e nove anos. Moro sozinha, não tenho animais de estimação e sou muito solitária. Terminei meu último namoro há dois anos e desde então não estive com mais ninguém, nem sequer uma transa casual.

Por que eu agendei uma consulta com uma psicóloga? Porque acho que de repente fiquei viciada em sexo, ou é isso ou eu perdi a cabeça completamente. E considerando que sexo nunca foi uma das minhas prioridades, na verdade é um tema que me preocupa bastante, para ser sincera. Não me interprete mal, eu gosto de sexo, mas eu fico perfeitamente bem sem ele, quando estava namorando eu não precisava fazer sexo todos os dias, duas ou três vezes na semana sempre foi mais que o suficiente. Durante todo o tempo que fiquei solteira obviamente me masturbei, mas eu só tinha um orgasmo por semana, digo tinha porque era dessa forma até uns dois meses atrás.

Em relação ao tipo de sexo, eu sempre fui muito recatada, sempre gostei do básico e não gostava de experimentar coisas novas, um tédio.

De repente um dia acordei tremendamente excitada, e então, eu mesma resolvi o problema como costumava fazer, o problema é que depois disso eu fui trabalhar e minha excitação voltou a aparecer sem a minha permissão, e não era uma excitação qualquer, era dessas que não deixam você pensar com clareza, que perturbam a mente e a visão, dessas que umedecem as calcinhas sem dó, das que te fazem ter dificuldade de respirar e das que se você não medica o quanto antes, aumenta até o ponto de doer.

Nesse dia a minha mente se tornou perversa, não conseguir parar de imaginar a mim mesma tendo relações com uma mulher, tudo o que não havia pensado em trinta e nove anos, estava pensando em uma manhã que se tornou eterna, imaginava que acariciava sua parte íntima, que a lambia com fome, com pressa, e que ela fazia o mesmo em mim, que eu pedia para ela se masturbar enquanto eu olhava, que me penetrava e que me fazia gritar descontroladamente, que falava comigo enquanto fazia, que me olhava enquanto eu gozava, enfim, várias tipos de coisas e situações, e a maioria delas eu nunca tinha feito. E se eu nunca tinha feito, porque diabos estavam na minha cabeça?

A única coisa que não estava fora do lugar era que todos esses pensamentos tinham como protagonista uma mulher, estive vivendo uma mentira em que tentei acreditar diversas vezes até os trinta anos, até então sempre estive com homens sem desfrutar quase nunca do sexo, para não dizer nunca. Apenas me excitava quando me acariciavam e mesmo assim também era com muito custo. Eu dizia a mim mesma que a minha falta de interesse por eles era porque o homem certo ainda não tinha aparecido, e que quando aparecesse ele me faria vibrar e desfrutar de um bom orgasmo.

Com trinta anos consegui desfrutar de um orgasmo intenso pela primeira vez, só que não foi com um homem, foi com uma mulher, ela apareceu na minha vida de repente e me apaixonei por perdidamente, sentia em suas caricias algo estranho e prazeroso, os orgasmos eram longos e intensos, certamente não tinha como comparar com o que eu sentia com os homens, ou melhor dizendo, com o que eu não sentia. Estivemos juntas por dois anos até terminarmos, depois dela estive com outra mulher durante dois anos. E enfim, aquilo também terminou e fiquei sozinha novamente.

Naquele dia cheguei em casa desesperada, e assim que cruzei a porta me masturbei desconsoladamente no meio do corredor, estava tremendamente molhada, com o clitóris inchado e palpitante. Quando me toquei um pouco com uma intensidade que não consegui controlar, gozei. Sentei no chão enquanto acalmava a respiração, eu não estava dando importância para o que tinha acontecido, e tinha sido uma droga porque havia tido uma manhã terrível no trabalho, mas no fundo eu tinha gostado, e o orgasmo foi um dos melhores que tinha tido ao me masturbar.

Pensei que pudesse ser algo hormonal, que tinha tido um tesão feroz e pronto, não quis dar mais importância para isso, mas no dia seguinte o meu problema se repetiu, e no outro também, e no outro. E até agora, não havia parado, já estava dois meses como um animal no cio, tinha pensamentos lascivos toda hora, me masturbando no mínimo uma vez ao dia e em algumas ocasiões até três, você pode dizer o que quiser, mas para mim isso não parecia ser normal. Nunca tinha sido tão ativa, nem tinha sentido esse tipo de desejo tão desesperadamente, durante esses dois meses tinha tido que me esconder nos banheiros do trabalho em quatro ocasiões para me aliviar porque achava que ia explodir no meio do escritório.

Estava me sentindo tão excitada que às vezes tinha medo de pensar que meus colegas de trabalho fossem notar no meu olhar, eu mesma notava, tinha vezes que era difícil me concentrar porque a minha mente vagava em meus pensamentos, estava me distraindo durante as conversas e cometia erros em meu trabalho porque não conseguia me concentrar como deveria. Estava muito ansiosa, tanto que às vezes era difícil adormecer e em uma ocasião tive que tomar um relaxante muscular para conseguir dormir.

Pensei em três opções possíveis para resolver meu problema:

Opção um: ir ao meu médico de família, mas como eu iria explicar a um homem de quase sessenta anos que estava com tesão quase vinte e quatro horas por dia. Consulta com o médico descartada.

Opção dois: uma amiga. Tinha amigas, mas não uma com a qual tivesse confiança o suficiente para explicar algo assim. Então, descartado também.

Opção três e vencedora: fazia umas semanas que uma colega de trabalho estava contando que tinha ido a uma psicóloga porque tinha problemas em seu casamento, não era uma psicóloga que se dedicava a esses temas em específico, mas disse que a tinha ajudado muito, e usando a desculpa de que eu tinha uma amiga com a mesma situação que ela, eu pedi o número. Desde então, o meu problema tinha que ser algo da minha cabeça, alguma coisa não estava funcionando bem em mim, e como eu era abertamente lésbica e meus pensamentos estavam sendo protagonizados por mulheres, me sentiria muito mais confortável explicando para uma mulher do que explicar para um homem.

E assim, no momento em que a decisão foi tomada me enchi de coragem e em uma tarde liguei e agendei um horário, e aqui estava, tremendo como uma folha. Que diabos ia dizer quando perguntasse o motivo da minha visita? Não me considerava uma mulher envergonhada, mas era muito modesta quando tinha que falar sobre temas relacionados com o sexo, não acreditava que sobreviveria a esta consulta, mas se não medicasse o meu problema, um dia desses a minha excitação acabaria me matando. Então independente do que eu fizesse estava fodida.

CAPÍTULO 2

<u>**Olga**</u>

Toquei a campainha e a porta abriu, sem pensar duas vezes, porque se eu pensasse eu daria meia volta, peguei o elevador até o terceiro andar e bati na porta. Minha colega tinha me dito que a psicóloga tinha montado o consultório no seu próprio apartamento, e realmente era um pouco estranho pensar que ao lado do seu escritório provavelmente estaria a cama onde dormia.

— Olga Marcos? — a recepcionista perguntou, conduzindo-me para dentro.

Na verdade ela era atrativa, devia ter uns trinta e poucos anos e cheirava a morango, sem dúvidas podia ser a protagonista de qualquer um dos meus pensamentos pervertidos, apenas esperava que a psicóloga fosse um orc, embora na verdade eu não me importasse, porque meus pensamentos começaram, ignorando completamente quem estivesse na frente.

Até esse momento eu só tinha encontrado um método efetivo para me controlar e tirar todos esses pensamentos da minha cabeça, a distração, mas não uma simples, tinha que ser algo que me distraísse de verdade, uma conversa que me interessasse muito, ter muito trabalho, inclusive fazer algo com as mãos, ultimamente assisti alguns tutoriais no Youtube e tinha aprendido a fazer macramê, sim, estava desesperada neste nível. Eu tinha que me concentrar tanto em passar a porra do fio que não havia espaço para mais pensamentos na minha cabeça. Tinha a mesa de casa cheia de pulseirinhas dessas, talvez um dia me enforcasse com elas se não encontrasse uma solução para o meu problema.

— Sim, sou a Olga —respondi um pouco nervosa.

— Perfeito, eu sou a Andrea, sente-se aqui um segundo, vou ao banheiro por um momento e depois vamos para o meu escritório.

Que? Ela era a psicóloga? Na verdade em nenhum momento eu planejei como seria, mas acho que no fundo esperava uma mulher de quarenta ou cinquenta anos, não sei, alguém com mais experiência, alguém que durante seus longos anos de carreira tivesse visto de tudo, mas essa menina? Que experiência ela podia ter? Como ia contar isso para alguém com quem dormiria sem pensar duas vezes? Decidi ir embora.

— Você está indo embora? — ouvi ela dizer.

Acho que demorei muito para me decidir e ela teve tempo de sair do banheiro. Fiquei surpresa por ela chamar a minha atenção, mas eu preferia, fazia eu me sentir mais confortável.

— Sim, acho que isso não é uma boa ideia, não acho que você possa me ajudar, sem ofensas.

— Então você é do tipo que foge, quem diria, não foi essa a impressão que tive de você quando entrou.

— E qual foi a impressão te dei, posso saber? — perguntei revirando os olhos.

— A impressão de que é alguém que acredita ter um problema e que está disposta a dar um passo para solucioná-lo.

Fiquei em silêncio, pensando, ela tinha razão, queria solucionar, mas não tinha certeza se a jovem Andrea era a pessoa certa para isso.

— Vamos fazer o seguinte, me dê dez minutos do seu tempo, se depois disso você ainda achar que eu não posso te ajudar, eu mesma te acompanharei até a porta, mas pelo menos tente.

Era muito confiante, me olhava como se estivesse convencida de que podia me ajudar, tinha se apoiado na mesa da entrada e sorria para mim com expectativa, sabendo que eu ia ceder, que tinha ganhado, isso me irritava, mas era verdade, ela tinha vencido.

— Tudo bem, dez minutos.

— Fechado, entre e sente-se, por favor.

O escritório não era muito grande, e acho que estava me imaginando em um consulta típica dos filmes, deitada em um divã enquanto ela fazia anotações em sua cadeira confortável, mas não era assim, no escritório tinha uma mesa com sua cadeira confortável de um lado e a minha do outro. Pelo menos tinha um caderno e uma caneta.

— Quer um pouco de água?—ofereceu enquanto abria uma garrafa que tirou de um armário.

— Não obrigada, estou bem.

— Então, Olga. O que está te preocupando? Por que você está aqui?

Eu a olhei nos olhos, estava tentando me concentrar porque toda vez que ela parava de falar comigo meus pensamentos atropelavam a minha mente novamente, voltava a me excitar, me sentia acelerada e nervosa, nem sequer sabia por onde começar a explicar o meu problema, nem sequer conseguia me concentrar.

— No que está pensando?

«Confie em mim, você não quer saber no que estou pensando»

— Não sei explicar muito bem o que acontece comigo sem parecer uma louca.

— Duvido que seja uma louca, e com certeza não deve ser tão terrível. Por que você não resume o problema por completo em uma frase curta? Ou dê um título, o que for mais fácil, depois iremos aprofundando.

Ok, talvez seja mais fácil desse jeito, ainda que não tivesse que me esforçar muito para pensar, eu já tinha essa frase curta na minha cabeça há uns minutos, eram apenas três palavras, e da mesma maneira que apertei a campainha sem pensar, abri a boca e as deixei sair.

— Viciada em sexo.

Não podia evitar observá-la depois do que eu disse, esperava um olhar, um sorrisinho travesso, uma cara de surpresa, algo que indicasse que estava rindo de mim, mas não fez nada disso, sua feição não mudou, ela apenas anotou algo em seu caderno e depois olhou para mim novamente como se nada tivesse acontecido.

— É viciada em sexo?

—Acho que sim

—Acha que sim?

— Não é você quem deve dar o diagnóstico?—perguntei na defensiva.

— Então você está aqui porque acha que é viciada em sexo e quer que eu confirme?

— A única coisa que eu quero é que você me diga que diabos está acontecendo comigo, merda.

Não quis ser desagradável nem mal educada, mas estava ficando muito nervosa.

— Está tudo bem Olga, acalme-se.

— Me desculpa disse—sobrecarregada.

— Sem problemas. Por que você acha que é viciada em sexo?

— Porque estou excitada a maior parte do dia, minha mente não para, não consigo me concentrar, às vezes nem sequer vejo quem está na minha frente, estou presa em meus próprios pensamentos.

Essa conversa me dava muita vergonha, mas por outro lado me sentia liberta por finalmente poder explicar para alguém o que estava acontecendo, e acho que foi a decisão certa fazer com alguém que não me conhecia.

— Está excitada agora?

— Sim.

Ela suspirou e voltou a fazer anotações.

— Desde quando isso está acontecendo?

— Faz uns dois meses.

— E isso nunca tinha acontecido com você?

— Nunca

— Aconteceu alguma coisa há dois meses? Algo diferente na sua vida, não tem que ser nada relacionado com o sexo, simplesmente alguma mudança importante, qualquer coisa que acredite que possa ter te afetado.

— Não, a minha vida há dois meses é a mesma que a de agora ou a de um ano atrás, nada mudou.

— Certo. Você tem um parceiro?

— Não, estou solteira.

— Quando tempo faz que você está sozinha?

— Dois anos, mais ou menos.

— Durante esse tempo você não esteve com ninguém? Algum rolo ou caso de uma noite?

— Não, não mantive relações sexuais com ninguém neste período.

Levantou as sobrancelhas sem me olhar. Que diabos isso significava?

— Eu entendi que você se masturba para liberar tensões—disse levantando a vista de seu caderno para focar em mim de forma fugaz.

— Sim.

— E isso te satisfaz?

— Isso depende do momento do qual estamos falamos —respondi de mau humor —se estivermos falando de dois meses atrás, sim, sim eu estava satisfeita. Se estivermos falando desse momento até agora não, nada é suficiente para satisfazer meus instintos mais primários.

— Olga, não tenho intenção de te magoar ou te ofender, apenas estou procurando um motivo para o que está acontecendo com você, e tem vezes que a masturbação não é suficiente. Com que frequência você se masturbava antes?

— Uma vez por semana, às vezes duas, mas normalmente uma.

— Como era sua vida sexual com seu parceiro? Normal, parada, ativa, muito ativa?

— Diria que normal, mas acho que isso depende do que cada um entende por *"normal"*.

Falar sobre sexo e masturbação não estava me ajudando nesse momento, já fazia um tempo que notei que estava molhada e tinha pequenas contrações no meu sexo com frequência, acho que o fato da mulher na minha frente ser atrativa não estava ajudando a situação entre as minhas pernas.

— Quando vezes por semana?

— Duas ou três.

— Bom, podemos dizer que é normal, sim. Era o suficiente para você?

— Sim

— Você disse que a sua mente não para. Não para de fazer o quê?

De imaginar coisas, coisas sexuais, claro, a todo o momento, passo as manhãs no trabalho procurando coisas para me distrair, mas na maioria das vezes eu não consigo, as pessoas não falam comigo e nem sequer escuto porque meus pensamentos me excitam tanto que não consigo pensar em nada além disso.

— E na sua casa esses pensamentos também invadem você?

— Sim, mas é diferente, é mais fácil.

— Por que é mais fácil?

«Porra»

— Porque na minha casa eu posso me masturbar, alivio a mim mesma e relaxo, posso ficar tranquila por algumas horas.

— Então podemos dizer que grande parte do problema é que esses pensamentos invadem a sua cabeça no trabalho e lá você não pode aliviar a si mesma, você tem que aguentar oito horas nesse estado.

— Sim, é basicamente isso, teve uma vez que chegou a níveis tão extremos que tive que me trancar no banheiro porque achei que a excitação ia me matar, me causava dor.

— Tem alguém em seu trabalho que possa provocar essa excitação, ou esses pensamentos? Alguém que te atraia?

— Não, ninguém.

— Tem certeza? Às vezes a mente é muito traiçoeira.

— Tenho certeza, no meu escritório tem apenas quatro pessoas, uma mulher mais velha e dois homens, e no andar são todos homens.

— Na minha opinião isso parece ser uma enorme gama de oportunidades.

— Não é, me desculpe, eu me esqueci de mencionar um detalhe importante, eu não gosto de homens, e a mulher mais velha também não é o meu tipo, então eu te garanto que não tem ninguém lá que possa causar o que está acontecendo comigo.

— Muito bem, conte-me sobre esses pensamentos—disse cravando seus olhos em mim.

— O quê?

— Que tipo de pensamentos são? O que acontece neles? Eu prometo que não vou me chocar Olga, eu também tenho imaginação, pode ter certeza.

— Eu me vejo com uma mulher fazendo de tudo, a maioria dessas coisas eu nunca fiz, eu sempre fui muito formal no sexo, eu acho que posso colocar desta maneira.

— Você quer dizer falta de improvisação? Para fazer a coisa certa? O que é considerado normal?

— Algo do tipo, eu te toco, você me toca, nós gozamos e um pouco mais— respondi envergonhada.

— E sexo oral? Também não?

— Só de vez em quando.

— Entendi, e em seus pensamentos a coisa é mais animada, tem algo além dos toques básicos, certo? Você pode me falar um pouco deles? Não me importo se você entrar em detalhes, é apenas para que eu ter uma ideia de por onde a coisa vai.

Suspirei profundamente, porque no momento em que ela me fez voltar para a minha mente perturbada, ela tinha se convertido na protagonista das cenas, apenas bastava olhá-la por alguns segundos para imaginá-la nua, fazendo e deixando-se fazer sem controle.

— O sexo oral tem bastante protagonismo nos meus pensamentos, que sussurra para mim enquanto fazemos em qualquer posição ou lugar, a imagino se masturbando a meu pedido enquanto eu assisto, não sei Andrea, esses tipos de coisa que eu jamais fiz, não entendo como a minha mente pode imaginar algo assim.

— Não se preocupe, chegaremos nisso mais tarde.

— Mais tarde? Você já tem um diagnóstico?

— Bom, mais que um diagnóstico, acho que eu tenho uma teoria do motivo de isso estar acontecendo com você, mas eu gostaria de fazer mais uma pergunta para ter certeza.

— Ok.

— E essa mulher, que protagoniza as suas cenas. Ela tem rosto?

— Normalmente, não, não preciso de um rosto definido, simplesmente sei que é uma mulher, posso ver seu corpo cumprindo as minhas exigências, posso inclusive ouvir seus gemidos com clareza.

Ela assentiu.

— Você sabia que já se passaram quarenta e cinco minutos desde que você me concedeu seus dez minutos? Disse com um sorriso claramente vitorioso.

Olhei para o relógio, era verdade, tinha me deixado levar pela minha angústia e pouco a pouco essa mulher conseguiu me fazer falar.

— Minha intenção não era te ofender, você só parecia muito jovem para entender algo assim.

— Você acha que eu não gosto de sexo? Ou que eu não me masturbo? Eu gosto de aproveitar do sexo sem preconceitos. Somos mulheres, Olga, todas nós temos as mesmas necessidades, embora algumas tenham mais dificuldade de interpretá-las do que as outras.

O que estava insinuando? Que eu tinha preconceitos? Que eu não desfrutava da minha sexualidade? Fiquei alterada novamente por dois motivos, o primeiro porque de repente me dei conta de que essa mulher talvez tivesse razão, o segundo porque ouvi-la falar sobre seu interesse por sexo tinha me excitado muito, mais do que eu já estava, meu corpo estava atingindo um desses momentos em que eu necessitava liberar tensões imperiosamente.

— O que você quer dizer?—perguntei com dificuldade para respirar.

— Você não parou para pensar que a sua mente imagina essas coisas porque na verdade é o que deseja? Acho que por algum motivo durante todos esses anos você esteve se reprimindo de forma inconsciente, talvez porque você achava que certas coisas não eram bem vistas ou que eram perversas, não sei. Acredito que a única coisa que está acontecendo com você é que o seu corpo está se revelando e está exigindo tudo o que você o negou, você já sabe que os problemas matrimoniais não são a minha especialidade, mas na minha opinião a única coisa que você precisa é se deixar levar por seus desejos, colocar em prática todos esses pensamentos, desfrutar do seu corpo e da sua sexualidade sem limites, deixe-se levar Olga, liberte-se.

Meu Deus, acho que ia ter um ataque, me pedindo para desfrutar do meu corpo era algo desumano naquele momento, apertei minhas pernas cruzadas com firmeza, tentando apaziguar meus desejos, agarrei com força os braços da cadeira e olhei em todas as direções, buscando algo naquele escritório que conseguisse me distrair, não tinha nada.

— Então eu não sou uma viciada em sexo?—consegui dizer.

— Não sei, talvez você seja ou talvez você seja mais ativa sexualmente do que pensava ser até agora, mas não tem como você saber até que você comece a satisfazer todas as suas fantasias. A única coisa que posso te aconselhar é que você saia por aí e deixe-se levar, traga uma mulher para a sua casa e desfrute, não seja tímida, muitas vezes perdemos coisas por causa da vergonha, pelo que irão dizer ou pelo que vão pensar de nós, não deixe que isso te impeça.

— Ou seja, o seu conselho é que eu faça sexo, certo?

— Uma vez ou várias—acrescentou com um sorriso—quantas vezes forem necessárias, Olga, você é uma mulher solteira e muito atrativa, não acho que você vá ter problemas com isso, saia e divirta-se. A masturbação é uma solução temporária, mas nós duas sabemos que não é a mesma coisa quando você faz e quando alguém faz por você, e acho que a maior parte do seu problema está aí, que apenas você não é mais suficiente.

Assenti sem dizer nada e abaixei o olhar, percebi que estava ficando turva e cheia de desejo, não queria que percebesse, mas estava começando a ficar muito difícil respirar com certa normalidade.

— No que você está pensando agora?

Eu inclinei a cabeça e mordi o lábio, odiei a mim mesma por ter ido lá.

— Olga.

—Acho que é melhor eu ir embora, Andrea—sussurrei sem olhá-la.

— Não vá, conte-me—exigiu de uma forma tão sedutora que me causou um arrepio.

De repente eu percebi algo em sua voz, algo muito diferente, notei excitação, desejo. Era possível ou tinha ficado completamente louca?

— Olga, olha para mim, por favor.

Eu olhei, levantei a vista com olhos brilhando de desejo e a perfurei com o olhar.

— Diga-me o que você está pensando agora mesmo, o que você está imaginando em sua mente. O que você está vendo, Olga?

— Não acho que queira saber, Andrea—disse sem deixar de olhá-la.

— Eu te garanto que quero, descreva para mim, por favor—disse sem afastar seu olhar dos meus lábios.

— Vejo você.

— E o que eu faço? Use-me, Olga.

— Você se aproxima devagar.

Ah, porra, a Andrea se levantou da sua cadeira, contornou a mesa lentamente e parou bem na minha frente, eu não hesitei em afastar um pouco a minha cadeira para abrir espaço.

— E agora, o que eu faço?—ofegou.

— ...

— Deixe-se levar, Olga. Liberte-se. O que eu faço?

— Você se ajoelha, e puxa as minhas pernas até deixar o meu sexo na ponta da cadeira.

Ela sorriu com satisfação.

— Isso, Olga, continue falando. E depois eu abaixo as suas calças? —disse enquanto se ajoelhava e as tirava de mim.

— Sim—ofeguei.

Minha excitação era terrível, e pensar que não ia ser eu quem me aliviaria dessa vez estava me deixando louca, Andrea tinha razão, não era a mesma coisa, e realizar meus desejos estava fazendo eu me sentir muito bem, liberta, satisfeita, mulher, estava fazendo eu me sentir uma mulher completa.

— Você gosta de mulheres?—perguntei enquanto abaixava minhas calças e acariciava seu cabelo.

Encolheu os ombros.

— Eu gosto de fazer sexo sem preconceitos, já te disse, não faz diferença se é homem ou mulher desde que me atraia.

Abaixou a minha calcinha e separou meus joelhos descaradamente.

— Você está bem molhada, eu amo isso, Olga—disse depois de tatear meu sexo com seus dois dedos.

Decidi ouvir o seu conselho e coloquei minha mão em sua cabeça com cuidado, a atraí para o meu sexo molhado e tremendamente excitado e deixei que Andrea se ocupasse da primeira das minhas fantasias daquela tarde. A primeira em seu escritório, as seguintes em sua cama.

CAPÍTULO 3

<u>Andrea</u>

Não sei exatamente o que aconteceu comigo com a Olga naquela tarde, nunca tinha me encontrado naquela situação, nem nada parecido. Sou muito responsável com meu trabalho e me considero uma boa profissional, mas quando abri a porta e a vi parada ali, senti como se algo tivesse se ativado dentro de mim, algo que me conectava a ela. Eu me senti muito atraída pela Olga inclusive antes de trocar a primeira palavra com ela.

Esse foi o motivo de eu ter ido ao banheiro e saído tão rápido, não queria sentar no vaso sanitário, a única coisa que eu queria era me certificar de que tudo estava bem. Senti uma necessidade enorme de ficar bonita para uma mulher que não sabia nada sobre e que além de tudo ia ser a minha paciente. Fiquei sem ar ao sair e vê-la abrindo a porta com a intenção de ir embora, foi aí quando me dei conta de quão nervosa estava, eu gostaria de poder dizer que eu a convencia a ficar não apenas porque eu queria e sentia que podia ajudá-la, mas não é verdade, também fiz isso por mim. Não queria que fosse embora.

— Viciada em sexo.

Foi assim como ela resumiu o seu problema e o tornou meu também. Lembro que na universidade eu tinha um professor que dizia que quando alguém conhecido te contava o seu problema ele se tornava seu também porque fazia de você um participante. Eu me lembrei daquele professor quando Olga pronunciou aquelas palavras, porque, apesar de não a conhecer me excitei ao ouvi-la. Talvez não houvesse convertido o seu problema no meu, mas certamente acabei de provocar um. Preferi não olhá-la naquele momento, precisava de uns segundos para me acalmar, então fingi que anotava algo no caderno, e realmente anotei:

"Olga + vício em sexo = Andrea quer transar com Olga"

"Hoje"

"Agora"

"Andrea quer transar com Olga agora :)"

Lamentável e pouco ético, eu sei.

Quando eu perguntei o motivo que a fazia pensar que era viciada em sexo, ela acabou comigo, pensei que me fosse dizer que tinha um parceiro, ou não, isso dava na mesma, e que fazia sexo com muita frequência, talvez com muita frequência e era isso o que me preocupava. Porém esse não era nem de longe o problema de Olga, pelo contrário, a falta de sexo tinha deixado ela com tesão vinte e quatro horas por dia. Fiquei surpresa por estar tão serena, sempre fui uma pessoa com muita confiança em mim mesma, mas a atração que sentia por ela somando o quão excitada ela dizia estar, fazia com que eu também me sentisse excitada, cada vez mais.

Ela me contou que não tinha um companheiro, falamos sobre a masturbação e a frequência com que fazia, do pouco ou quase nada que havia experimentado com o sexo, não me surpreendi por ter aqueles pensamentos a atacando a todo o momento, pelo que ela me dizia Olga sempre havia transado se reprimindo, e realmente, ela definiu muito bem:

— Eu te toco, você me toca, nós gozamos e um pouco mais.

Incrível, era uma mulher bonita e solteira, podia ter quem ela quisesse para satisfazê-la e em troca ela se conformava em se tocar duas ou três vezes por semana. Pedi para ela descrever esses pensamentos que tinha e nesse momento me senti mal, porque já não tinha certeza se essa pergunta era necessária, eu já sabia o que estava acontecendo com ela, pedi porque era eu quem desejava ouvir.

Por fim, o resto você já sabe, Olga tinha confessado seu gosto exclusivo por mulheres, e ainda que eu tenha me esforçado para fazer o meu trabalho e tenha dado o que a Olga estava *procurando: um diagnóstico, teve um momento em que não aguentei mais.*

"A Olga gosta de mulheres"

"E olha, eu sou mulher :) :)"

"Merda, eu preciso transar com a Olga urgentemente"

"Se eu não transar com ela, hoje o meu peito vai explodir"

"Andrea, volte ao trabalho"

Sim, escrevi um pouco mais.

— Ou seja, o seu conselho é que eu faça sexo, certo?

— Uma vez ou várias—acrescentou com um sorriso—quantas vezes forem necessárias, Olga, você é uma mulher solteira e muito atrativa, não acho que você vá ter problemas com isso, saia e divirta-se. A masturbação é uma solução temporária, mas nós duas sabemos que não é a mesma coisa quando você faz e quando alguém faz por você, e acho que a maior parte do seu problema está aí, que apenas você não é mais suficiente.

Esta é a versão oficial e politicamente correta do que eu disse, mas na verdade eu gostaria de ter lhe dito que desejava que fizesse todo esse sexo comigo, estava morrendo de vontade de transar com a Olga e aquela situação estava se tornando insuportável. E então vi o seu olhar e tive que apertar as pernas para afogar o meu desejo, me dei conta de que Olga estava tremendamente excitada naquele momento. O resto foi fácil, ela queria e eu também, éramos duas mulheres adultas que naquele preciso momento se sentiam muito atraídas e desejavam o mesmo, que mal tinha?

— Você está bem molhada, eu amo isso, Olga—disse ajoelhada entre as suas pernas.

Não me respondeu, colocou suas mãos na minha nuca e me convidou a devorar seu sexo. Eu me diverti entre as suas pernas, queria mostrar para a Olga, que se aprendesse a pedir o que desejava o resultado era infinitamente melhor. Beijei seu sexo descontroladamente, o lambi e passei por cada uma de suas dobras enquanto ela gemia e mantinha suas mãos na minha cabeça para que eu não saísse dali. Prendeu a minha cabeça entre suas pernas quando chegou ao orgasmo e eu quase gozei quando notei como suas coxas tremiam, como se retorcia, como bufava e gemia de uma vez só, e como segurou meu rosto entre as suas mãos para me levantar quando terminou.

Ela não me disse nada, se recostou na cadeira e me fez montá-la.

— Quer saber quão bom é o seu gosto?—perguntei tentando conter meu orgasmo.

Olga estava desabotoando a minha calça e estava tão excitada que sentir a sua mão tateando por ali estava me matando.

— Quero—sussurrou.

Eu me inclinei sobre ela e a beijei profundamente. Dancei com a língua ao redor da sua até que senti como os seus dedos colavam-se debaixo da minha calcinha, o calor da sua mão me inundou e senti que ia explodir de prazer, fiquei sem ar por um instante e deixei de beijá-la de repente. Não afastou o seu olhar do meu, sorriu, e me penetrou com um dedo e colocou seu polegar sobre o meu clitóris. Fechei os olhos com força por um segundo enquanto continha um gemido e comecei a me mover sobre a sua mão em um bom ritmo. O dedo que estava dentro de mim não se movia, o deixou quieto para que eu o usasse como quisesse, mas seu polegar estava se movendo traçando pequenos círculos sobre o meu clitóris. Eu me segurei em seu pescoço para não perder o equilíbrio enquanto gozava.

— Quer continuar? Perguntei levantando as sobrancelhas com um meio sorriso.

Assentiu. Eu me levantei e a Olga fez o mesmo, ela levantou a calcinha e a calça e estendi a mão para que me acompanhasse até o meu quarto. Assim que entramos pedi que se sentasse na cama, peguei um banquinho que tinha na frente da cômoda e me sentei bem na frente dela.

— O que você está fazendo? — perguntou intrigada.

— A questão não é o que eu estou fazendo, Olga, mas sim o que você quer fazer—disse apontando para ela.

— Como?

— O que você quer fazer, Olga? No meu escritório realizamos uma das suas fantasias. Você quer continuar?

Notei como a sua respiração se entrecortava enquanto ficava vermelha e abaixava a cabeça, Olga sentia vergonha, ou talvez autoconsciente na hora de dizer o que queria, o que realmente desejava. Eu a observei por um instante, no meu escritório ela não tinha tido que pedir muito, eu sei que tinha entregado de bandeja ao fazer as perguntas corretas até fazer com que me deixasse enfiar meu rosto entre suas pernas, do jeito que ela desejava. E neste momento não tinha coragem, se tinha que vir diretamente dela, ficava travada, e aí estava seu problema. Eu me acalmei um pouco e voltei a adotar meu papel de psicóloga, como tinha acabado de ser fodida eu gostava de me recuperar um pouco antes de fazer de novo, então esse podia ser um bom momento para fazer terapia com a Olga, outra vez. Eu me aproximei mais dela, quase roçando meus joelhos roçassem nos seus.

— Olga, olha para mim— pedi.

Levantou a vista e sorriu para mim.

— Vamos conversar um pouco mais sobre uma coisa, ok? Então relaxe.

— Sobre o quê? —perguntou intrigada.

— Vamos fazer um pouco mais de terapia ainda que não pareça, colabore, ok? — sorri afastando uma mecha que atravessava seu lindo olho esquerdo.

Ela sorriu também, ficou descalça e colocou as pernas na cama, as dobrou e agarrou os tornozelos com as mãos.

— Vamos falar de forma clara e aberta, Olga, uma das coisas que você desejava era que alguém te comesse do jeito que fizemos no meu escritório.

Ela limpou a garganta e quase se engasgou.

— Como você se sentiu?

— Quê?—perguntou completamente envergonhada.

— Pelo amor de Deus, Olga, nós duas somos adultas, nós transamos e gozamos, é algo normal merda. Quero que me diga como você se sentiu depois do que eu fiz com você, e quero que seja um pouco explícita, não quero saber se você gostou ou não, quero que me fale como você se sentiu depois de conseguir o que você queria.

Suspirou um pouco mais relaxada. Tive a sensação de que a forma como eu falava sobre transar de maneira tão natural estava começando a fazer ela se sentir mais confortável.

— Eu gostei.

Levantei as sobrancelhas e cruzei os braços exigindo mais enquanto ela ria do meu gesto.

— Eu me senti muito bem, Andrea—finalmente confessou—não somente pelo bem que o orgasmo me fez. Eu me senti bem comigo mesma, satisfeita, orgulhosa, e ainda que não pareça mais confiante.

— Está vendo? É disso que se trata, Olga. Você tem que aprender a dar ao seu corpo o que ele pede. Chega de sentir vergonha, você tem exigir o que quer, tem que pedir. Quando tiver uma mulher entre seus lençóis deve dizer a ela que o que você gosta da mesma maneira que deve freá-la quando não gostar de algo, deve exigir sempre o que você quiser. Só assim poderá desfrutar do sexo completamente, transar é bom, Olga, é a melhor coisa do mundo! Libera tensões, rejuvenesce, alivia a dor de cabeça, te mantém em forma. As pessoas deveriam transar mais e gritar menos, diabos!

Olga começou a dar gargalhadas e me contagiou cortando o meu discurso, tenho que reconhecer que quando o assunto era sexo sempre me empolgava e começava a dar discursos como esse. Eu achava muito difícil entender o pudor que algumas pessoas sentiam diante do maior dos prazeres que nos foi concedido como seres humanos.

— Perdão—me desculpei ainda sorrindo—às vezes coloco muita ênfase no que digo. Acontece que a vida é muito curta, Olga, e ninguém deveria perder certas coisas por medo de pedi-las, e não me refiro apenas ao sexo, mas a tudo em geral.

— Não se preocupe, você tem razão. Durante a minha vida inteira me privei de muitas coisas nesse sentido, pode me chamar de antiquada, mas tenho medo que meu companheiro pense que sou uma viciada ou algo assim, não sei.

Eu ri novamente.

— Viciada? Sério, Olga? Você acha que o que fizemos antes era vício?

— Não, claro que não. Acho que apenas dormir com pessoas parecidas comigo, não me ajudou muito. O que quero dizer é que também nunca me pediram nada.

— Com certeza não ajuda, mas às vezes o problema não é que essas pessoas não queiram pedir é que nos mesmas refletimos esse temor nelas e isso faz com que se acuem, que não peçam por medo de nos assustar.

— Você está me dizendo que eu provoco a mesma reação nas pessoas com quem eu durmo?

— Não digo que seja o seu caso, mas é uma possibilidade. Essas coisas são notadas de forma inconsciente, Olga.

— Ótimo, sou uma péssima amante.

— Isso não é verdade, você me comeu muito bem.

— Obrigada—sorriu envergonhada.

— Bom, então você entendeu a mensagem, Olga?

— Sim

— Sim? Não sei, vamos ver, me diga exatamente o que você fará a partir de agora.

— Exigir, bom, pedir—se retratou—pedir as caricias que eu mais gosto.

— Não apenas caricias, Olga—interrompi—os desejos também, as fantasias, você tem que pedir tudo.

— Eu não posso ficar sempre pedindo.

— Não, claro que não, para receber você tem que dar, você tem que prestar a mesma atenção nas exigências do seu parceiro. O sexo é muito mais satisfatório quando você vê que o seu parceiro também se retorce de prazer, não é?

Assentiu.

— Bom, vamos colocar em prática o que acabamos de conversar. Vou repetir a pergunta, o que você quer fazer agora, Olga? O que você deseja? E me olhe nos olhos enquanto pede.

Olhou-me e ficou séria. Pensei que ia me dizer que ia embora, que não estava preparada ou alguma outra desculpa, mas falou rapidamente e o meu coração bateu entre as minhas pernas.

— Quero que você se toque para mim—disse com firmeza.

Essa tarde eu fiz tudo o que a Olga me pediu, desde que disse essa última frase ela veio à tona, se sentia mais segura e confiante e percebeu que eu tinha razão, o sexo era mais prazeroso quanto fazem em você exatamente o que você quer. Ela também atendeu aos meus desejos, e depois de várias horas na minha cama ela disse que ia embora. Era o normal, algo com o que qual já havia me acostumado, não gostava que meus amantes achassem ou pensassem que iam ter de mim algo além de sexo. Eu havia tido parceiros estáveis, mas estava em um momento da minha vida em que não tinha vontade de dar explicações, tinha passado os últimos três anos fazendo apenas o que fiz com a Olga, bom não exatamente o que fiz com a Olga, porque o que aconteceu com ela foi uma circunstância bem diferente, era um caso aparte. Porém me limitava a desfrutar do sexo sem compromisso, sem dores de cabeça, vivendo a minha vida conforme meus desejos, dizendo quando, com quem, até quando. Como eu disse, quando me falou que estava indo embora não me importei, mas no momento em que fechou a porta ao sair uma sensação estranha de vazio me incomodou um pouco.

CAPÍTULO 4

<u>Andrea</u>

Não voltei a ter notícias dela quase até um mês depois, todas sextas-feiras depois da última sessão eu me dedica a revisar a contabilidade, isso era o que estava fazendo quando me ligaram no telefone fixo do escritório.

—Psicologia Andrea Álvarez—atendi

—Oi, Andrea. Eu te peguei em um momento ruim?

O meu coração parou de bater, reconheci ela imediatamente, era a Olga.

—Oi, Olga, não, não é um momento ruim. Como você está? Está tudo bem?

— Sim, muito bem, apenas estou ligando para te agradecer pelo outro dia.

O outro dia? Fazia um mês, o mês tinha alterado a sua concepção de tempo? Notei que estava um pouco tímida ao se referir a aquele dia, sorri e me reclinei na cadeira.

— Você não tem que me agradecer por nada, Olga.

— Sim, eu tenho Andrea, e não falo do sexo, bom—ela limpou a garganta e deixei escapar uma risada—não ria.

— Não estou rindo, estou muito séria, me conta, pelo que você quer me agradecer?

— Por tudo o que você me disse, seus conselhos, você tinha muita razão, Andrea. Eu te escutei e agora me sinto mais viva do que nunca.

De repente eu deixei de escutá-la e agradeci por decidido me contar tudo aquilo por telefone e não pessoalmente, porque o que eu estava entendo com "eu te escutei" foi que ela tinha dormido com uma mulher, ou com várias, tinha dormido com elas e na hora senti um ciúmes horrível. Não queria que Olga dormisse com ninguém, queria ela só para mim, e não me dei conta disso até o momento em que me deu a entender que tinha outras.

— Andrea, está aí?

Eu queria responder, mas as palavras não saiam, não sabia o que dizer, acabava de perceber que em uma tarde ela tinha me conquistado. Minha cabeça não parava. Como isso era possível? Eu tinha pensado nela muitas vezes desde que transamos, mas achei que fosse por causa de uma simples curiosidade, porque queria saber se ela tinha me escutado ou se continuaria se sentindo autoconsciente, não foi até que voltei a ouvir a sua voz do outro lado do telefone e sua confissão, que me dei conta de que eu gostava da Olga, eu gostava muito. E por culpa minha ela estava transando com outras. Perfeito, Andrea.

— Andrea, você está bem?—insistiu.

— Sim, me desculpa—finalmente reagi—não tem que me agradecer por nada, Olga, eu só fiz o meu trabalho.

Ficou um silêncio constrangedor, fui um pouco seca nas minhas palavras. Naquele dia eu fiz algo além do meu trabalho, eu sabia e ela sabia, mas ainda que fosse injusto para ela eu me sentia magoada ao pensar que podia estar com outra, não queria continuar aquela conversa, não tinha vontade de chegar à parte em que a Olga me contasse que tinha dormido com alguém e se libertado de seus preconceitos e inseguranças, apenas queria que se libertasse comigo, então eu a cortei.

— Fico feliz por você estar melhor, Olga, mas eu tenho trabalho para fazer, se você não se importar conversamos em outro momento.

— Claro, nos falamos em breve, Andrea.

Bati o telefone com força ao desligar, me sentindo uma idiota. Que direito eu tinha de ficar brava com ela? Nenhum, não tinha nenhum, ela e eu não éramos nada, apenas tinha sido uma mulher que tinha ajudado na minha consulta com um problema e com quem tinha dormido, não era ético e nem profissional, eu sabia, mas tinha acontecido e não me arrependia daquilo. Eu me arrependia de ter falado com ela do jeito que eu falei. Lembro que no dia em que veio ela me disse que eu era muito nova para entender o seu problema, será que é assim como ela iria me ver? Jovem? Não adequada para a sua faixa etária? Tenho trinta e cinco anos, o que é jovem para ela? Percebi que não sabia nada sobre a Olga, apenas o seu sobrenome, sempre peço as informações básicas, como endereço e telefone, mas fiquei tão nervosa que me esqueci de pedir. Não a conhecia, e quando ela veio me considerou jovem, e agora pela forma como me comportei no telefone com certeza me considerava um bebê, alguém que tinha se aproveitado da situação para transar e agora não queria saber de mais nada.

Minha cabeça começou a doer, imagine mil coisas que a Olga poderia estar pensando sobre mim depois do meu comportamento e nenhuma delas era boa. Merda. Não podia permitir isso, tinha que falar com ela, me amaldiçoei por não pagar os euros extras que a linha telefônica pedia para poder ter serviço de identificação de chamadas, parecia um roubo que me cobrassem por isso, ainda que fossem apenas alguns euros. Tinha apenas duas opções: rezar para que ela voltasse a me ligar ou procurar ela de alguma forma.

Optei pela segunda opção e fiquei surpresa por encontrá-la tão rapidamente, abençoado Facebook. Ao colocar Olga Marcos na busca foi o primeiro resultado que apareceu, porque nós tínhamos duas amigas em comum, ambas lésbicas. Sua foto de perfil honrava a atração que eu senti por ela em seu primeiro dia, porra, Olga era um mulherão. Obviamente não éramos amigas, mas ter seu Facebook me dava a opção de mandar uma mensagem através do Messenger. Não consegui, não tive coragem. Pensei que talvez fosse melhor deixar passar alguns dias, relaxar um pouco e deixar que essa sensação incômoda de ciúmes desaparecesse. Sim, melhor esperar alguns dias.

Desde aquela ligação não conseguia tirar Olga da minha cabeça, passei o final de semana inteiro pensando nela. Quando pensava no quanto nós duas desfrutamos daquela tarde eu sorria, mas o sorriso desaparecia rapidamente quando me lembrava da droga do meu conselho, era bem provável que alguém estivesse na sua cama nesse final de semana e estivesse fazendo tudo o que eu queria que fizesse comigo. Nunca tinha me sentido tão impotente.

Conforme os dias passavam fui aceitando que não tinha nenhum direito de ficar brava, eu não apenas não tinha nenhuma relação com ela, mas ela também não sabia que eu gostava dela, a culpa era minha, a covarde era eu. Podia continuar escondendo o que sentia por ela ou me encher de coragem e mandar uma mensagem para contar. Por mensagem? Não, eu tinha que me encontrar com ela de alguma maneira, mas ainda precisava de tempo para pensar.

Era meio-dia em uma quinta-feira, e como costumava fazer todos os dias estava prestes a sair para comer em algum restaurante. Era a única forma de me obrigar a sair de casa durante o dia, eu passava horas dentro do escritório, e precisava tomar ar em algum momento e apenas tinha o horário do meio-dia livre, então eu comia fora, dava uma volta e depois voltava e dava um cochilo.

Saí de casa e peguei o elevador, quando abri a porta da rua o meu coração parou literalmente. Olga estava lá, apontando seu dedo indicador para a campainha da minha casa.

— Olga—consegui dizer.

Fiquei sem ar, e um formigamento correu pelo meu torso fazendo com que eu suasse frio e minhas mãos tremessem.

—Oi, Andrea—sussurrou.

A situação ficou tensa de repente, não sabia como cumprimentá-la, dois beijos ou apertar a sua mão? Na verdade, eu preferia dar um beijo na boca, sentir sua língua roçando na minha e saborear seus lábios novamente, mas não podia fazer isso. Estendi a mão para cumprimentá-la, mas ao mesmo tempo ela se aproximou para me dar dois beijos, foi muito constrangedor, no final demos um aperto de mão e dois beijos, o segundo muito perto do canto dos lábios, por culpa minha. Ao sentir o contato de sua pele no meu rosto tremi e foi muito difícil me controlar para não roubar um terceiro beijo dos seus lábios.

— Desculpa, eu deveria ter ligado antes, vejo que tem coisas para fazer — se desculpou.

— Sim, na verdade, não. Eu estava indo comer, Olga, mas para ser sincera não estou com muita fome.

Fiquei muito nervosa, toda a confiança que sempre me caracterizou desapareceu de repente diante da sua presença, fiquei tímida e boba, desejei que a terra me engolisse.

— Também estou no meu horário de almoço, o que você acha de entrarmos nesse bar e pedir algo leve? Você tem que comer alguma coisa mulher, você não pode trabalhar com o estômago vazio.

Ficou claro, Olga tinha ficado com a minha confiança. Mostrava decisão e segurança em cada poro de sua pele, não estou querendo dizer que não tivesse antes, mas como só falamos sobre sexo no meu escritório naquele dia e nesse sentido não tinha confiança, foi uma surpresa agradável a mulher que estava demonstrando ser naquela tarde.

Pedimos uns lanches vegetarianos enquanto conversávamos sobre coisas rotineiras, sobre como tinha sido a semana ou o trabalho e todo o tipo de bobagem que nem eu ou ela tínhamos interesse. A conversa mudou de rumo quando pedimos os cafés, foi Olga quem mudou, eu estava muito aturdida olhando para ela.

—Na verdade eu vim porque queria falar com você, Andrea, quando te liguei no outro dia você me deixou preocupada, queria ter vindo antes, mas não conseguia encontrar um momento oportuno para ser sincera.

— Preocupada? Não era minha intenção, Olga, me desculpa.

— Percebi que estava desconfortável ou brava, não sei como, foi uma sensação que tive. Talvez não deveria ter te ligado, no final das contas, você fez o seu trabalho como você mesma disse. Acredito que não seja muito normal que seus pacientes te liguem para agradecer, eu não deveria ter feito isso, só vim para me certificar de que não estava brava comigo, mas acho que também não deveria ter vindo.

Novamente ficou um silêncio muito desconfortável que interrompi ao adotar meu papel de profissional e deixando de lado tudo o que a Olga me fazia sentir com apenas um olhar.

— Não estou brava, Olga, é só que você me pegou em um mau momento, sério. Bom, me conta, você seguiu o meu conselho ou não?

—Sim— sorriu—na verdade sim, mas não apenas na área sexual, eu apliquei em todos os campos da minha vida. Eu aprendi a me valorizar e me amar como acho que mereço e sem desmerecer ninguém, é claro. Graças a você não sou mais a responsável do departamento de recursos humanos da minha empresa, agora sou a diretora. O trabalho é o mesmo, mas o salário mudou—confessou com um sorriso amplo.

— Uau, fico muito feliz por você, Olga, sério—disse sinceramente.

— Obrigada.

— E aqueles pensamentos que te atormentavam? Você continua tendo eles?

Essa foi a maneira mais sutil que encontrei para perguntar se estava com alguém, se estava transando com alguém, se pensava em alguém, porra, nem mesmo sabia qual resposta estava esperando.

— Bom, não desapareceram completamente, mas diminuíram consideravelmente, mas se eu for ser sincera não quero que desapareçam, Andrea—confessou—eles me dão ideias.

— É mesmo? — sorri

Não me sentia capaz de confessar a Olga o que sentia por ela naquele momento, mas a desejava muito e lembrar de tudo o que tínhamos feito na minha casa naquela tarde graças a seus pensamentos, tinha me deixado com muito tesão. Nesse dia decidi que estava disposta a me conformar com o sexo, descobri que a Olha precisava explorar esse mundo novo que tinha descoberto e fazer isso por conta própria, não podia se concentrar apenas em uma pessoa, na verdade, não deveria. Pedir seria muito egoísta da minha parte. Decidi deixar passar um tempo antes de lhe contar o que sentia e perguntar se tinha alguma possibilidade, mas sexo? Por que não? A mulher que estava diante de mim naquele momento era uma predadora sexual, se não fosse eu seria outra, e sinceramente, queria que fosse eu.

—Sim—confessou com um sorriso.

— Tem algo em mente no momento? Algo que você deseja fazer? — também sorri.

—Acho que sim, podemos ir para a sua casa?

Eu me acendi completamente. Essa segurança que demonstrava apenas acrescentou pontos a sua beleza. Coloquei-me de pé e abri a minha bolsa com pressa.

— Deixa comigo, é por minha conta—disse fazendo um gesto com a mão.

Ela se aproximou do bar com uma tranquilidade assustadora e pagou pela refeição. Eu parei de procurar pelas chaves no porta-moedas, não queria parecer uma idiota, mas as minhas mãos não paravam de tremer e estava muito nervosa. Saímos de lá e eu ainda continuava com a mão enfiada na bolsa, ouvia o tilintar das chaves, mas não conseguia encontrá-las. Olga me observou sem dizer nada até que chegássemos à minha porta e meu estupor tinha me impedido de achar a merda das chaves.

— Merda! — reclamei e parei de procurar, precisava respirar, acho que não tinha respirado por um bom tempo.

— Andrea—segurou meu queixo para que eu a olhasse—você está parecendo eu no primeiro dia que vim aqui, está tudo bem?

Assenti abaixando o olhar e me afastando da sua mão.

— Só estou nervosa, me dê um minuto e eu vou encontrar as chaves, prometo—sussurrei sem olhá-la.

— Talvez hoje não seja uma boa ideia, Andrea, podemos nos ver outra hora se quiser.

Calei-a com um beijo, lento, molhado e profundo. Agarrei seu rosto, e ao sentir que se derretia quando correspondeu com a mesma intensidade, me afastei e sussurrei no seu ouvido.

— Quero que me foda agora, não depois e não outro dia, Olga, agora.

Coloquei em prática o meu próprio conselho e pedi o que queria, só que eu não me importava com o que íamos fazer, só precisava sentir o calor do seu corpo contra o meu. Ela segurou a minha bolsa aberta até que finalmente encontrei as chaves, entramos no elevador e quando passamos pela porta da minha casa Olga assumiu o controle, tomou a minha mão e me levou para o meu escritório, me sentou na minha cadeira e levantou a minha saia antes de se inclinar sobre mim e abaixar as minhas meias e calcinha. Pensei que ia fazer exatamente a mesma coisa que fiz com ela naquela tarde, mas não, desabotoou a minha camisa enquanto nos beijávamos, a tirou e se desfez do meu sutiã, deixando-me apenas com a saia na cintura e as meias e a calcinha nos tornozelos. Acariciou meus peitos suavemente, senti minha umidade ensopando a cadeira, morria de vontade que a Olga acariciasse ou beijasse o meu sexo, eu não me importava como fizesse porque queria com urgência. Minhas preces foram ouvidas e sua mão começou a descer pela minha barriga, fazendo uma pressão gostosa sobre a minha pele que me fez implorar.

— Me fode, por favor–suspirei.

Sorriu e me deu um beijo na testa. Continuava em pé e inclinada sobre mim, estava com a sua mão esquerda apoiada nos braços da minha cadeira e de repente colocou a direita sobre o meu sexo, fundindo seus dedos entre minhas dobras enquanto me olhava sem deixar de proporcionar uma caricias que faziam eu me retorcer de prazer.

— Assim?—perguntou sarcasticamente.

Emiti algum tipo de som afirmativo e ela aumentou a intensidade das suas caricias, concentrando a maioria sobre o meu clitóris. Segurei o seu pulso com as duas mãos quando senti que estava perto do orgasmo, acho que estava tentando atrasá-lo, estava sentindo tanto prazer que estava tentando fazer com que não terminasse, não queria gozar ainda, precisava continuar sentindo a Olga perto de mim, quase dentro de mim. Ela parou por um instante quando a segurei, sorriu e usou sua mão livre para segurar as minhas duas mãos pelo pulso e levantá-las por cima da minha cabeça, eu gostei de me sentir exposta, e quando retomou suas caricias fui atingida por um orgasmo intenso.

Fiquei sentada na cadeira, minhas pernas tremiam e me sentia incapaz de levantar, tinha um redemoinho de emoções recorrendo meu corpo em todas as direções, era felicidade por um lado, tristeza pelo outro, vontade de pular de alegria e vontade de chorar de frustação por não poder tê-la. Apesar disso, não podia deixar que ela percebesse, então me ajeitei na cadeira e pedi que ela desse meia volta. Eu teria preferido ter ela de frente, mas não queria que se sentasse sobre mim e os braços da minha cadeira não permitiam isso, então quem tinha que se sentar era eu. Ela deu meia volta como pedi. Desabotoei a calça dela e a fiz dar um passo para trás para atraí-la até mim, beijei e massageei as suas nádegas e sua cintura até que finalmente fiz ela se sentar sobre mim, com suas costas grudadas nos meus peitos e as pernas abertas permitindo que eu a tocasse. Olga apoiou a sua cabeça em mim e suspirou enquanto eu me encarregava de acariciar seus peitos com uma mão e seu sexo com a outra, me ofereceu seu corpo e em troca a fiz ter um orgasmo, fazendo caricias intensas por todo o seu sexo.

Quando terminamos ficamos naquela posição sem dizer nada, cada uma perdida em seus próprios pensamentos até que a Olga olhou para o relógio.

— Merda! Eu tenho que voltar para o trabalho, estou atrasada—disse alarmada.

Colocamos a roupa e a acompanhei até a porta com um esforço imenso para controlar o tremor dos meus lábios e a vontade de chorar que estava sentindo.

— Está tudo bem, Andrea? — perguntou de repente.

— Sim, estou bem, não se preocupe—disse sem mais delongas.

Eu dei a ela um sorriso forçado, eu gostaria de lhe dizer que não, que não estava bem, que não estaria até que ela soubesse que gostava dela, mas ainda não podia contar.

— Ok. Posso te ligar algum dia?

Sua pergunta me encheu de alegria da mesma forma que me encheu de tristeza, alegria porque queria voltar a me ver e tristeza porque somente queria fazer isso para transar comigo, isso era o que a Olga queria de mim, sexo.

— Claro, você pode me ligar quando quiser, Olga.

Outro momento desconfortável. Dois beijos? Um beijo? Nenhum? Ela escolheu a segunda opção, um na boca de língua que me deixou sem ar.

A Olga foi embora e eu fiquei apoiada de costas na porta chorando.

CAPÍTULO 5

<u>**Olga**</u>

Saí da casa da Andrea sentindo que alguma coisa estava acontecendo, alguma coisa não ia bem, notei pelo telefone no dia em que liguei para ela, notei no bar enquanto estávamos comendo e havia notado na sua casa enquanto transávamos. Talvez fosse bobagem da minha cabeça, mas não conseguia parar de pensar nisso, acabei de conhecê-la, não tinha motivos para me importar com o que tinha percebido, mas me importava, acabava de descobrir que por algum motivo, eu me importava com a Andrea.

Eu não tinha que fazer turno dividido, mas nesse dia decidi aproveitar e adiantar o trabalho durante a tarde, não me ajudou em nada, passei duas horas no escritório sem conseguir me concentrar, apenas pensando na Andrea e no que podia estar acontecendo com ela.

— Que final de tarde, Olga.

A voz da Olga me assustou e me fez olhar para a porta, onde a encontrei parada com um arquivo na mão enquanto me olhava intrigada. Ela era a mulher mais velha que trabalha comigo.

— Do que você está falando?

— Você está completamente ausente, nem sequer fechou a porta do seu escritório, passei um tempo te olhando e não apertou nem uma tecla desse seu computador que tanto gosta.

—Sim—sorri—a verdade é que eu estou com a cabeça em outro lugar.

— Mal de amor? — perguntou sem delongas.

— Quê? Não, Aurora fecha a porta antes que alguém te ouça, pode ser?

E a Aurora fechou, mas ficou do lado de dentro.

— Quem é? Perguntou descaradamente enquanto se sentava na minha frente—você sabe que eu não vou contar para ninguém—insistiu intrigada.

Nessa parte tinha razão, para quem ela ia contar? Além de nós, todos eram homens, e nenhum deles tinha interesse em flertar com uma mulher que estava prestes a se aposentar.

— Não é ninguém, Aurora, estou querendo dizer que não tem nada a ver com o amor — especifiquei enquanto via a decepção em seu rosto—é por causa de uma amiga, acho que tem algo de errado, mas não sei o que é.

— Por que você não pergunta? — propôs usando a lógica.

— Por que não tenho essa intimidade com ela, acho que estaria enfiando o nariz onde não fui chamada.

Então Aurora se levantou e antes de sair lançou uma pergunta que me fez ver tudo com uma clareza surpreendente.

— Como você sabe que há algo de errado?

— Pelo seu olhar—respondi estranhando a facilidade com a qual essas três palavras saíram da minha boca.

Aurora sorriu e saiu fechando a porta. Eu fiquei sentada do jeito que tinha estado a tarde toda enquanto o meu coração batia desenfreado. Seu olhar, essa era a chave de tudo, quando nós dormimos juntas pela primeira vez, nos olhos da Andrea apenas havia desejo, fogo, fome de sexo. Hoje, hoje havia algo mais em seus olhos amendoados, não sabia como definir, é uma dessas coisas que você apenas percebe e não consegue descrever, as que você nota sem a necessidade de palavras, talvez o que mais se aproxime seja decepção, ou talvez desilusão, talvez os dois.

Ter essa revelação me fez ficar mais paralisada do que já estava, porque estava com aquela expressão em seus olhos? Não tinha gostado? Estava esperando algo diferente? Queria mais, menos? Porra, estava a ponto de ficar louca, louca pelo olhar de alguém que acabei de conhecer, por que queria tanto saber o que havia de errado com a Andrea?

CAPÍTULO 6

<u>**Andrea**</u>

Quando finalmente parei de chorar, fui ao escritório e me sentei na minha cadeira, sim, nessa cadeira em que apenas meia hora atrás tinha transado com a Olga, a mulher que em apenas uma tarde virou o meu mundo tranquilo e controlado do avesso. Precisava pensar no que havia acontecido, me concentrar, mas acima de tudo, precisava aceitar a minha nova situação, e não era outra senão a que acabara de escrever no meu caderno:

"Andrea está apaixonada por Olga profundamente"

"Andrea é uma idiota"

"Olga também"

Sim, estava apaixonada por Olga, o diagnóstico era evidente, mas desde o momento em que cruzou a porta da minha casa para ir embora também comecei a odiá-la, depositei toda a minha raiva nela, como ela podia não ter percebido? As mulheres devem ter um sexto sentido para essas coisas, não é? Percebeu que eu estava estranha, mas em vez de tentar descobrir o motivo, me capturou com seu charme natural quando teve a primeira oportunidade, veio me ver e foi embora quanto conseguiu o que queria: sexo. Agora era a hora de odiar a Olga.

Eu precisava parar de pensar, então me concentrei em limpar o escritório com afinco, por ter feito sexo nele e coisas assim, teria sido uma falta de respeito com os outros pacientes se não limpasse. Ao terminar tomei uma ducha e quando percebi estava novamente no escritório, sentada nessa cadeira porque me fazia lembrar dela, fazendo rabiscos no meu caderno, como tinha conseguido me seduzir dessa maneira? A campainha tocou, isso me fez lembrar que era uma dia normal de trabalho e que tinha hora marcada com um paciente e havia esquecido completamente.

Abri a porta, e enquanto esperava que subisse o telefone começou a tocar, atendi nervosamente, mal conseguia me concentrar e quando escutei a voz de quem estava falando minha pulsação acelerou.

— Andrea?

— Olga?

— Sim, desculpe te incomodar, mas queria te ver de novo e...

— Desculpa, mas estou ocupada, já nos falamos.

E desliguei o telefone batendo com força, sentindo a raiva dominar o meu corpo. Realmente queria me ver novamente? Sério? O que ela achava? Que podia me usar toda vez que tivesse vontade? Quanto tempo tinha passado, três horas, quatro? Talvez a melhor coisa que devesse fazer era ficar longe dela, estava claro que a Olha continuava em sua busca incansável de novas emoções, e eu não ia ser seu objeto de experimentos, não importa o quanto eu gostasse, uma semana atrás, um dia na verdade, bem antes de perceber o quanto estava a fim dela, teria sido perfeito, sexo sem compromisso, mas agora não.

Olga

Que diabos estava acontecendo com a Andrea? Por que tinha sido tão rude no telefone? Eu disse ou fiz algo que tinha deixado ela brava? E se eu fiz, por que ela não me falava? Como psicóloga, talvez devesse tomar um pouco do seu próprio remédio. Decidi que não ia mais ligar, se estava brava e não queria me dizer o motivo era problema seu, e não meu.

Pelo visto era meu, mal consegui dormir a noite e novamente passei o dia inteiro no trabalho me movendo como um robô, respondendo os e-mails praticamente de forma automática e sorrindo pra Aurora quando eu nem sequer tinha escutado o que tinha me dito. Estava de mau humor, essa não era a Olga que eu gosto de ser, sei controlar as coisas, e estar desse jeito por alguém que mal conheço e que acima de tudo me trata como se eu fosse culpada de algo estava me deixando muito brava. Decidi ligar para ela de novo, seria a última vez, se ela desligasse novamente com a mesma frieza que fez na tarde anterior, ela podia esquecer Olga Marcos para sempre, eu não me arrastava por nada nem ninguém.

— Psicologia Andrea Álvarez—disse ao atender.

Por que meus batimentos tinham acelerado? Estava nervosa? Andrea me deixava nervosa? Sim, lógico que me deixava nervosa, seu comportamento não tinha me deixado dormir a noite inteira, era normal que eu me alterasse ao falar com ela.

— Quem fala?—insistiu enquanto eu continuava perdida nos meus pensamentos.

— Andrea, é a Olga, de novo.

Escutei um suspiro grande e longo do outro lado do telefone que não soube interpretar muito bem, era esgotamento? Ou estava sendo irritando de novo? Porra, que vontade tinha de estrangular ela.

— Ei, podemos nos encontrar? Tem algum tempo está tarde? Eu gostaria...

— Estou com a tarde toda ocupada, Olga—me interrompeu com um tom tão frio que algo dentro de mim se encolheu—e não posso estar disponível toda vez que você tiver vontade de transar, tenho certeza de que você tem muitas candidatas que estão dispostas a ter satisfazer, acho que é melhor não nos vermos novamente, ok? Não me ligue mais, Olga.

E assim que ela desligou, eu caí na cama com um nó na garganta que estava me afogando. Apenas queria dizer que queria conversar com ela, nem sequer pretendia me encontrar no seu escritório, qualquer lugar servia, inclusive dar um passeio, apenas queria descobrir o que havia de errado, mas suas palavras tinham me destruído por dentro, nunca pensei que algo dito por alguém que tinha acabado de conhecer me afetaria tanto, apenas sentia raiva e vontade de chorar. Acabei fazendo o segundo enquanto o telefone tocava, por um momento me iludi achando que talvez fosse ela, que estava me ligando para pedir desculpas pelas palavras duras que tinha acabado de dizer e que sem dúvida não merecia, mas não era a Andrea, era a Maribel, uma antiga amante com quem tinha feito uma grande amizade praticamente desde o primeiro dia em que nos conhecemos. Como não atendi, me enviou uma mensagem.

— O que você acha de uma noite da pizza na sua casa? Minha irmã veio me visitar por alguns dias e se eu não sair daqui vou ter um ataque, diz que sim, por favor.

— Claro.

Lá pelas nove a Maribel chegou à minha casa com duas pizzas recém-preparadas da pizzaria do bairro.

— De novo duas? Você sabe que sempre sobra uma.

— Sim, mas assim podemos escolher, eu trouxe uma quatro queijos e outra especial da casa—disse com um sorriso amável.

Peguei duas cervejas e durante o jantar a Maribel contava como tinha sido sua semana desde que sua irmã tinha chegado.

— Eu juro que se ela ficar por mais uma semana vou pular da sacada, é insuportável.

Eu sorri, era uma exagerada que adorava sua irmã mais nova, mas ela gostava de reclamar.

— Bom, e você? O quê? Não abriu a boca desde que cheguei e apenas ficou assentindo, você vai me contar o que há de errado?

— Não tem nada errado, não falei nada como sou uma boa amiga, deixei que desabafasse e reclamasse da sua irmã—zombei.

— Muito engraçada—disse revirando os olhos—mas já terminei de reclamar, então pode começar, fala.

— Não tenho muito a dizer, você já sabe como são os meus dias.

— Sim, e mentira, tem alguma coisa errada, então pode falar— me ameaçou.

— Não é nada, Maribel, sério.

Ainda assim seus olhos insatisfeitos com a minha resposta cravaram nos meus enquanto ela cruzava os braços esperando que meus lábios começassem a se mover, mas eu nem sequer sabia por onde começar.

—Achei que fossemos amigas—disse chateada—eu te conto as minhas merdas e você me conta as suas, é assim que amizades funcionam, Olga, é uma via dupla.

— Sim, eu sei, é que não sei o que dizer, nem sequer sei o porquê de estar assim, mal a conheço.

— Mal a conhece? — perguntou levantando as sobrancelhas—você está assim por causa de uma mulher?

— Sim, mas não sei o que ela está pensando, é que de repente está me tratando como se estivesse brava, e tentei falar com ela duas vezes, mas ela me cortou de forma muito rude, não sei, liguei para ela e o que ela disse me machucou muito.

— O que realmente está te incomodando, Olga? Ela ter te tratado mal ou porque as suas palavras doeram?

— Não é a mesma coisa?

— Não, claro que não. Vamos ver, para começar, quem é? Eu conheço?

— Você não a conhece, mas já te falei dela, é a Andrea, a psicóloga que eu fui quando estava...

— Quando estava no cio como uma cachorra, sim, já sei—disse sem conseguir evitar que escapasse uma risada.

— Do que você está rindo?—perguntei irritada.

— De nada, sério, é que quando você me contou aquela história fiquei um pouco alucinada, algumas de nós deveríamos agradecer a essa tal de Andrea por te fazer acordar.

— Não tantas.

— Bom, vamos ver, me conta. O que aconteceu?

—Liguei para ela para agradecer por tudo e notei que estava um pouco estranha, então ontem fui até seu consultório ao meio-dia e a convidei para comer, enquanto comíamos tudo parecia mais ou menos normal e no final, não sei como, porque eu juro que não foi com essa intenção que fui vê-la, mas...

— Mas vocês acabaram na cama—adivinhou.

— Sim, mais ou menos. Antes de ir embora eu perguntei se podia ver ela outras vezes, me disse que sim, mas notei algo diferente no seu olhar, acho que era decepção, não sei. O que acontece é que depois disso não consigo falar com ela sem que ela desligue o telefone, aliás, está tarde me disse que não quer mais me ver. Não estou entendendo nada, Maribel—disse com esse horrível nó instalado novamente na minha garganta—não sei por que se comporta assim, mas o pior é que me afeta, não deveria, não é? Apenas nos vimos umas duas vezes, eu deveria seguir em frente, mas porra, é que eu não consigo tirar ela da cabeça.

— Então você não consegue tirar ela da sua cabeça?—ela murmurou sarcástica—uau, uau, pelo visto Olga a conquistadora foi capturada pelas redes da psicóloga do prazer.

— Não diga bobagens, não é isso.

— Não, claro que não, eu vou repetir a mesma pergunta de antes, o que está te incomodando? Ela ter te tratado mal ou porque te afeta?

— Você é muito pesada, Maribel, isso faz alguma diferença?

— Faz, e muita, vai, responde.

— As duas coisas me incomodam, ok?—disse obviamente irritada—não suporto que me tratem mal sem motivo, se ela tem algum problema comigo podia dizer na minha cara, não é tão difícil, e acho que já é bem grandinha para ficar fazendo criancices deste tipo. Eu parei por um segundo para dar um grande gole na minha cerveja e refrescar a garganta, minha boca estava ficando seca.

— Não pare de me contar, conte tudo—minha amiga exigiu.

Para mim não foi nada difícil, estava com essa bola no peito me oprimindo a tarde inteira, precisava falar tudo o que pensava em voz alta e que alguém que tivesse visão imparcial escutasse, Maribel era a pessoa perfeita para que eu continuasse vomitando tudo isso que tinha por dentro e que sem dúvida estava me consumindo.

— Me irrita que não me diga as coisas, Maribel, mas me irrita muito mais que esteja me afetando tanto—digo enquanto a primeira lágrima cai em cima da mesa—você tinha que ter escutado a conversa de antes, eu apenas queria entender o que estava acontecendo, me encontrar com ela e conversar, mas parece que tem uma ideia bem vulgar de mim, acho que acredita que meu único interesse na vida é transar com tudo o que respira.

Eu não sou assim e você sabe, eu dormi com algumas mulheres ultimamente, mas não acho que seja um grande pecado, estou solteira e posso fazer o que tiver vontade, ela não tem o direito de me tratar como seu fosse uma puta quando foi precisamente ela quem me encorajou a explorar mais a minha sexualidade.

Depois disso parei e respirei, não queria derramar nenhuma lágrima por ela, então tentei me acalmar para não permitir que mais lágrimas rolassem pelo meu rosto essa noite.

— Eu te entendo, Olga, você se machucou pela forma como foi tratada, e em uma ocasião normal diria para você seguir em frente e esquecer ela sem pensar duas vezes.

— E não é isso o que você vai me dizer? Porque é exatamente isso o que eu quero escutar.

— Sim, mas não, não é isso o que vou te dizer, porque ela te afetou. Ainda que você esteja brava, machucada e o que quer que esteja sentindo agora, é óbvio que você se importa com ela, se não, você não estaria assim.

— O que você quer dizer?

— Nada, Olga, apenas que essa garota não passou pela sua vida despercebida, ela atingiu você de alguma maneira, se não, você não estaria desse jeito até agora, se te dói é porque você se importa, e se você se importa é porque sente alguma coisa, e não sou eu que estou inventando isso—disse levantando as mãos quando viu o olhar atravessado que dei depois da última coisa que disse—é um dado, Olga, é ciência, gostando ou não, você sente algo pela Andrea, então a minha opinião é que você deveria falar com ela e esclarecer a situação.

Estava a ponto de pular como um animal que tem que se defender do predador, mas em vez disso fiquei em silêncio, pensando em tudo que a Maribel tinha acabo de me dizer. “Sim, você se importa porque sente alguma coisa", essa frase não parava de se repetir na minha cabeça várias vezes, eu realmente sentia algo pela Andrea? Talvez, pode ser que isso explique o motivo de não conseguir tirar ela da cabeça e porque suas palavras e frieza tinham doído tanto.

— Olga, está me escutando? Você deveria falar com ela, liga de novo.

— Eu não posso, Maribel, se ela falar comigo assim de novo não acho que vou conseguir suportar.

— Tem que insistir, eu te conheço, você precisa saber o que está acontecendo.

— Sim, talvez amanhã eu tente novamente, mas por hoje já tive o suficiente.

A Maribel foi embora e eu continuei pensando em tudo até que acabei adormecendo no sofá por pura exaustão mental. Acordei mais cedo do que de costume com o tema do que estava acontecendo com a Andrea orbitando a minha cabeça, precisava espairecer, então precisava recuperar um velho hábito e fui correr. Seria muito bom se dissesse que corri cinco ou dez quilômetros, mas a verdade é que quando tinha corrido dois deu uma cãibra na minha perna que deixou mais rígida que um farol no meio do caminho do rio. Fiquei fazendo alongamentos até conseguir diminuir a dor, e enquanto fazia e via como os primeiros raios de sol começavam a refletir na água, decidi que ia deixar passar alguns dias antes de voltar a entrar em contato com a Andrea. Era melhor, fosse o que fosse ela estava irritada porque era recente, e eu estava chateada pela forma como me tratou, a melhor coisa era deixar passar alguns dias para nós tivéssemos tempo para refletir.

CAPÍTULO 7

<u>Andrea</u>

Faz exatamente nove dias desde que eu falei com a Olga, ou melhor, desde que eu gritei com a Olga. Estou consciente de que passei dos limites, o que eu disse foi muito injusto porque ela não me devia nada, enfim, dá na mesma, me senti muito mal pelo que aconteceu, mas conforme os dias foram passando o silêncio dela só me dava a impressão de que ela não se importava comigo.

— Não me ligou—suspirei sentada na frente do meu irmão Oriol.

E o que você esperava? Se uma mulher fala comigo do jeito que você falou com ela eu sigo em frente e pronto. Não tem alguém que te entenda, Andrea, se ela te liga você fica chateada porque acha que ela só quer te usar, e se não te liga te chateia porque te dá a impressão de que está seguindo em frente. Eu também iria para a próxima porra, se decide logo, essa mulher não é divina.

— Se ele não fosse meu irmão eu levantava e dava dois tapas na cara dele por ter sido tão direto.

— Estou decidida, não quero saber dela, isso apenas me irrita.

Meu irmão me olhou como se eu fosse um caso perdido, se levantou, me deu um beijo na cabeça e foi embora.

— Tenho que ir trabalhar, se cuida irmãzinha.

Voltei para o escritório e cai na cama sentindo que meu corpo estava cada vez mais pesado, uma luz piscando no telefone fez eu me mover, tinha uma chamada perdida, mas como continuava sem querer ativar o serviço de identificação de chamadas, só desliguei e liguei o telefone fazer a luzinha irritante sumir, mas não desapareceu, não desapareceu porque essa luz não indicava isso, indicava que alguém tinha deixado uma mensagem na secretária eletrônica. Apertei a tecla para escutar.

Durante os primeiros segundos não ouvi nada, era como se quem a pessoa do outro lado estivesse pensando se deveria deixar uma mensagem ou simplesmente desligar e ligar mais tarde, finalmente, escolheu a primeira opção e quando escutei sua voz senti como se fogos de artifício explodissem na minha barriga, era a Olga.

"Oi, Andrea, precisa te ver, você pode retornar a ligação, por favor?"

Em seguida, deixou seu número de celular e desligou, e aqui estava eu novamente sentindo o meu sangue ferver por dentro. Como a Olga podia ser tão superficial? O que ela achava? Que depois de alguns dias ela podia voltar a me usar como se fosse nada? Apaguei a mensagem sem anotar o seu número de telefone, me arrependi quando apertei a tecla, meu irmão tinha razão, a Olga não era divina, como ela ia saber o que estava acontecendo se eu não dizia? Na verdade, não me importa com o número de telefone, eu tinha encontrado ela no Facebook, mas meu orgulho não permitia que eu me rebaixasse.

Três dias se passaram, era sexta-feira e só tinha uma última consulta e podia volta a ler mais uma vez a mensagem que tinha decidido enviar para a Olga, estava escrita há dois dias e não conseguia enviar porque toda a vez que lia parecia que tinha algo de errado, que não tinha me expressado bem, que não ia conseguir fazê-la entender que a única coisa que estava acontecendo era que estava louca por ela usando as minhas palavras.

Apenas esperava que o paciente novo não fosse um desses que fazem um drama na primeira sessão, não estava com humor para aguentar ninguém. Tocou pontualmente a campainha, e agradeci por isso, tinha decidido que enviaria essa mensagem e cruzaria os dedos para que a Olga entendesse o motivo do meu comportamento idiota. Esperei meu paciente novo na porta enquanto lia de novo a mensagem no meu celular, quando levantei a vista Olga estava parada na minha frente com uma expressão muito séria.

— Olga—disse surpresa.

—Oi, Andrea.

Não conseguia descrever com palavras o quanto me deixava feliz vê-la ali, mas tinha que atender um paciente, não podia dar atenção para ela, por que diabos não ligou antes de aparecer assim?

— Olga, me desculpa, mas estou esperando um paciente agora mesmo e não posso te atender, você pode voltar depois?

— Alberto Giménez? Você está esperando ele?—perguntou sem hesitar.

— Como você sabe?—perguntei extremamente intrigada, agora estava me espionando?

— Eu sou o Alberto Giménez, bom, é evidente que não sou—retificou ante a minha cara de espanto—você não atende ao telefone e quando me atende, desliga. Preciso falar com você, então eu pedi para um amigo que te ligasse e marcasse uma consulta, não se preocupe vou pagar pela hora—disse colocando duas notas em cima da mesa que fica na entrada antes que eu pudesse dizer alguma coisa.

Não conseguia sair do meu estupor, nem sequer sabia como me sentir nesse momento, era como se estivesse vivendo a situação como uma expectadora fora do meu corpo.

— Não tem que me pagar nada—consegui dizer.

— Lógico que tenho—disse.

— Como quiser, entre, por favor.

— Não, não tenho intenção de entrar, Andrea, podemos conversar aqui fora ou em uma cafeteria, mas não tenho intenção de colocar um pé aí dentro, não vou te dar a chance de dizer de novo que só te procuro para transar—disse claramente brava.

Minha pulsação tinha disparado desde que tinha aparecido na frente da minha porta, mas agora estava com o coração batendo na garganta, pensei que a qualquer momento fosse pular do meu peito, mas não era apenas porque ela mexia comigo, mas porque acabava de perceber que a Olga estava brava, brava e ofendida. Não lhe faltava razão, tinha me comportado como uma verdade idiota, tinha tratado ela como se tivesse culpa de tudo o que estava acontecendo comigo quando nem sequer tinha tido a coragem de contar.

— Olga, não quis dizer isso, entra e vamos conversar tranquilamente.

— Não vou entrar, Andrea.

E percebi que realmente não ia, porque enquanto dizia isso seus olhos tinham ficado vidrados e seus lábios, esses que gostava tanto de beijar, não deixavam de tremer na sua tentativa de controlar o choro, finalmente, deu meia volta e abaixou a cabeça enquanto esperava a minha resposta. Eu também tive que me esforçar para não começar a chorar, não sabia até que ponto tinha feriado Olga até que a vi na frente da minha porta cheia de dor. Sou uma vadia egoísta.

— Ok, vamos para outro lugar—disse pegando as chaves e fechando a porta.

Descemos no elevador em silêncio, Olga não me olhava, estava com o olhar cravado no chão esperando que o elevador chegasse ao térreo e as portas se abrissem para a deixar sair. Na rua começamos a andar, no começo estava seguindo ela porque pensei que soubesse onde queria ir, mas quando deu a volta no quarteirão percebi que se fosse depender dela íamos fazer isso até o dia seguinte. Assumi o controle e disse que me seguisse até um bosque que ficava próximo ao cemitério, sei que esse não é o lugar ideal, mas não conseguia pensar em um lugar mais tranquilo que esse, nunca tinha ninguém, ainda que de certa forma isso não me surpreendesse.

— Tudo bem conversarmos aqui? Podemos sentar na grama se você não ligar de se sujar, nesse horário é muito bom sentar lá.

A Olga encolheu os ombros como forma de resposta, então entramos entre as árvores e nos sentamos no meio de uma pequena clareira que dava para ver parte da cidade, mas o que eu mais gostava nesse lugar é que dava para ver uns pores de sol maravilhosos, e não faltava muito para que isso acontecesse.

— Do que você quer falar, Olga. Estou te ouvindo—disse tentando aparentar serenidade.

— Está me ouvindo? Agora? — perguntou brava.

Estava claro que Olga estava cheia de raiva, tinha aguentado toda a merda que eu tinha provocado no fundo da garganta, esperando para sair destruindo tudo. Tinha que fazer com que falasse, era a minha obrigação, ainda que estivesse consciente de que tudo o que viesse dela fosse me machucar.

— Eu sinto muito, Olga, não devia ter dito o que eu disse, mas é que eu, não sei, sinto muito.

— Não sabe? Mentira, Andrea, lógico que sabe, tem alguma coisa errada—me acusou—e está bem claro de que tem a ver comigo, não sei se foi algo que fiz ou algo disse, e o que mais me dói é que em vez de me contar, você apenas me diz que não quer me ver e que apenas te procuro para transar.

— Olga, eu.

— Cala a boca, Andrea, eu tive que pedir para um amigo marcar um encontro com você para poder te ver e esclarecer as coisas, você está fazendo eu me sentir como uma perseguidora, mas não se preocupe, está é a última vez que você vai me ver, não tenho intenção de te ligar mais e muito menos aparecer de novo no seu escritório, a única coisa que peço é que diga na minha cara de uma vez por todas o que foi que eu te fiz—disse consumida pela impotência.

Minhas lágrimas estavam rolando há um tempo pelas minhas bochechas em silêncio, como as da Olga, ela parou de me olhar, estava claro que não era o tipo de pessoa que gostava que os outros a vissem chorar, não que eu goste, mas não me importava se ela visse porque queria que estivesse claro que vê-la sofrer, também me fazia sofrer.

Sentia um calor terrível, sentia como as minhas bochechas ardiam e minhas mãos suavam enquanto torcia a camiseta entre elas. Nunca tinha me sentido tão vulnerável e nervosa como estava agora, tinha chegado a hora de ser corajosa e confessar a Olga o que sentia por ela, essa era a única maneira que tinha para que pudesse tentar compreender o motivo para ter me comportado daquela maneira, acho que a única coisa que tinha era um medo enorme de não ser correspondida e isso me deixou completamente idiota e insensível.

— Você pode olhar para mim, Olga? Por favor—supliquei.

Ela ficou mais linda do que nunca quando finalmente virou lentamente na minha direção, com o rosto molhado de lágrimas e os últimos raios do sol se refletindo em seu cabelo castanho. Olhou para mim nervosa, como se tivesse com medo que eu fosse dizer alguma barbaridade, quando a única coisa que queria era abraçá-la e implorar para que me perdoasse, mas antes de descobrir se podia fazer isso tinha que lhe dar uma explicação, era isso o que a Olga tinha vindo buscar e não ia permitir que fosse embora sem ela. Massageou os braços como se estivesse com frio, me sentia incapaz de afastar o olhar do seu corpo, era como se estivesse hipnotizada ao olhar a sua silhueta, desde que descobri que estava apaixonada por ela, essa foi a primeira vez que senti paz, olhá-la e ver como me olhava nesse momento me acalmou ao ponto de finalmente encontrar coragem e começar a falar.

— Eu me apaixonei por você, Olga, estou apaixonada por você— confessei com um sorriso me sentindo muito estúpida.

Olga continuava me olhando da mesma forma, minhas palavras não tinham a alterado, sua expressão não tinha mudado, parecia relaxada igual a mim, atenta a cada uma das minhas palavras, como se agora apenas pudesse absorver dados para analisar depois, então continuei.

— Agora sei que me apaixonei por você na primeira vez que você veio, só que não tinha percebido, eu percebi quando você me ligou e deu a entender que tinha estado com outras. Foi nesse momento que descobri, senti uns ciúmes terríveis e comecei a me sentir incômoda porque eu sabia que tinha sido a causa, fui eu quem te aconselhou a sair, se divertir e explorar, e não sei. Depois você veio me ver e acho que esperava que você percebesse o que estava acontecendo, acho que no fundo esperava viver um conto de fadas no qual você dizia que sentia o mesmo e que queria estar comigo. Eu me comportei como uma idiota, Olga, eu sinto muito, sinto muito mesmo por tudo o que eu te disse pelo telefone, não tinha nenhum direito, devia ter te contado a verdade desde o começo.

Olga não parava de me olhar, ainda não tinha mudado a sua feição, não tinha nenhum indício que me indicasse se ia ser capaz de me perdoar, se estava entendo o que estava dizendo ou se simplesmente tinha vontade de me matar. Era uma incógnita que não conseguia decifrar, e como não suportava o silêncio, continuei falando.

— Sei que tudo o que te disse não é desculpa para o meu comportamento, mas espero que algum dia possa me perdoar, Olga, não queria terminar com você assim, não é essa a recordação que quero ter de nós. Perdão, eu já sei que não exista um nós, quero dizer... bom dá no mesmo, espero que algum dia me perdoe.

Olga assentiu, não era um assentimento de *"ok, te perdoo, sua idiota"*, era um assentimento que simplesmente demonstrava que ao menos tinha me escutado.

— Isso é tudo?—perguntou com a voz falha.

Minhas lágrimas voltaram a cair, percebi que sua dor continuava ali, continuava contendo a vontade de chorar e desviou o olhar novamente.

—Sim—sussurrei—não sei mais o que posso te dizer além de que sinto muito. Nada mais, Olga, esse é o motivo do meu comportamento.

Assentiu e usou as mãos para se levantar do chão.

— Está indo embora? Você não pode ir embora desse jeito, Olga, preciso que me diga alguma coisa, qualquer coisa, por favor—supliquei.

— Preciso ficar sozinha.

Essa foi a única coisa que me disse enquanto uma das suas mãos me tocava afetuosamente no ombro quando passou do meu lado para desaparecer por onde tínhamos vindo. Desmoronei, no momento em que não conseguia mais vê-la desabei e me permiti chorar até não aguentar mais. Vi o pôr do sol sozinha, depois voltei para casa sentindo que caia de um precipício a cada passo que dava.

CAPÍTULO 8

<u>Olga</u>

Comecei a caminhar como um robô até chegar ao meu carro, que estava estacionado bem na porta do edifício da Andrea. Assim que entrei, como um redemoinho, todas as palavras da Andrea começaram a dançar na minha cabeça sem controle. Então era isso, tinha se apaixonado por mim, nem sequer sabia como isso fazia eu me sentir, deveria perdoá-la? Não sei quanto tempo passei dentro do carro dando voltas sem ser capaz de colocar as informações nos lugares corretos, naqueles lugares que me permitiam entender o que tinha acabado de acontecer. Estava completamente bloqueada, era incapaz de sentir qualquer coisa, acho que nesse momento podiam ter me dado uma surra e nem sequer teria notado os golpes, estava flutuando em algum tipo de nuvem. Então quando a vi, Andrea estava parada na frente da sua porta procurando desajeitadamente a chave correta, e isso me fez sorrir, me lembrou daquela tarde em que estava tão nervosa que não conseguia achar as chaves que estava na bolsa. Parecia que finalmente tinha conseguido, Andrea enfiou a chave na fechadura e desapareceu detrás da porta sem notar a minha presença, e então aconteceu, meu corpo reagiu e comecei a sentir vários tipos de sensações.

A declaração de Andrea se repetia na minha cabeça sem parar, e toda a vez fazia eu me sentir mais completa, era como se suas palavras tivessem preenchido esse lacuna que eu ainda não tinha preenchido. Tinha se apaixonado por mim, essa psicóloga travessa que tinha sido capaz de trazer à tona o meu lado mais selvagem em apenas uma tarde me amava, a questão era, eu sentia o mesmo por ela? Eu não sabia, não sabia se o que eu sentia pela Andrea era o mesmo que ela sentia por mim, eu não conseguia colocar um rótulo nela, a única coisa que eu sabia era que a desejava, e que achar que ela estava brava comigo tinha me torturado por dentro de uma forma que ninguém jamais havia feito.

A única da qual tinha certeza era que precisava falar com ela outra vez para dizer que a perdoava, que não guardava rancor nenhum. Eu saí do carro e toquei sua campainha sem pensar duas vezes, mas bem quando estava fazendo isso um senhor abriu a porta para sair com seu cachorro e eu aproveitei para entrar enquanto escutava a voz da Andrea no fundo perguntando quem era. Subi pelas escadas, me sentia cheia de energia apesar do fato de que apenas meia hora atrás parecia que o mundo estava afundando sobre os meus pés. Usei meus dedos para bater na porta da sua casa.

— Quem é? —perguntou do outro lado.

— Olga, é a Olga—respondi nervosa.

A porta abriu imediatamente, mas apenas ficou entreaberta, então lentamente espiei e vi que Andrea tinha entrado no banheiro, não tinha fechado a porta completamente e podia ver ela refletida no espelho, estava lavando o rosto enquanto chupava o nariz sem parar, continuava chorando. Mesmo tenho prometido a mim mesma que não ia cruzar essa porta nunca mais, engoli o orgulho, entrei e fechei a porta.

— Andrea, você está bem?—disse sem coragem de entrar no banheiro

— Sim, só preciso de um minuto, por favor, me espere aí.

— Claro.

Mesmo assim, não esperei, seu escritório estava ao lado do banheiro, não consegui evitar, me trazia recordações, algumas agradáveis, outras excitantes, e todas eram definitivamente boas. Enquanto esperava me sentei na mesma cadeira da primeira vez que estive lá, vi aquele caderno sujo que ela usava para anotar suas coisas e peguei sem pensar, estava aberto em uma página bem específica, o que eu li me fez rir:

"Andrea está apaixonada por Olga profundamente"

"Andrea é uma idiota"

"Olga também"

— O que você está fazendo com isso?—me surpreendeu tirando o caderno das minhas mãos de repente.

— Então eu sou uma idiota?—murmurei olhando para ela da cadeira.

— Desculpa, não acho que você seja uma idiota, é que às vezes anoto coisas sem pensar—confessou envergonhada.

— Não precisa pedir desculpas, a verdade é que às vezes sou uma idiota, e me desculpe por olhar o caderno, não queria bisbilhotar, mas eu o vi ali e não resisti.

— Tudo bem.

A Andrea estava me observava como se estivesse me analisando, como se tentasse descobrir o motivo da minha mudança de comportamento, será que estava achando que sou bipolar? Eu fiquei de pé e sai do escritório, parando novamente no corredor próximo à porta de saída, ela me seguiu e parou na minha frente sem entender nada. Por alguns segundos apenas fiquei observando ela, descobrindo que podia ficar com ela sem precisar de mais nada, Andrea fazia eu me sentir bem, não precisava falar ou transar, podia ficar ao seu lado sem fazer nada e ainda assim não ter vontade de ir embora.

— Por que voltou?—perguntou me olhando fixamente.

Porque antes saí praticamente correndo do parque e eu não sou assim, Andrea, prefiro falar das coisas no momento, não estou jogando isso na sua cara—esclareci quando vi que suspirava profundamente—você é você e eu sou eu, só vim porque quero que saiba que te perdoo, eu não teria agido assim, mas como acabei de dizer, cada um é do jeito que é e faz as coisas da melhor maneira possível, às vezes fazemos bem e às vezes erramos, mas é humano errar.

— Obrigada, Olga—conseguiu dizer.

Foi então quando me dei conta de que nesse momento Andrea se sentia muito pequena, e o pior, e muito vulnerável pelo simples fato de ter confessado como se sentia, e que se eu não fizesse nenhum tipo de menção ao tema era como deixar claro que não sentia o mesmo.

— Andrea, eu respeito o que você me disse.

— Esquece, Olga, você não precisa dizer nada—me cortou—você não tem culpa do que aconteceu, simplesmente aconteceu e é isso, o amor é assim, nem sempre é correspondido, ainda que seja uma droga.

— Olha, Andrea, eu não sei dizer exatamente o que sinto por você porque eu não sei, mas sei que sinto algo, eu sinto algo que gosto e que faz eu ter vontade de estar com você, talvez o problema é que começamos ao contrário, transando antes de conversar.

— Olga, o que disse sobre transar.

— Andrea, para com isso, já disse que isso está no passado, vamos virar a página, ok?

— Ok.

— O que você acha de fazermos as coisas direito? Quero dizer, saindo e nos conhecendo um pouco, não te proporia isso se não tivesse certeza de que gosto de você, não sou do tipo que sai dando falsas esperanças, não sou de me apaixonar rápido como aconteceu com você, queria eu, tudo seria mais simples, mas eu sei que sinto muitas coisas quando estou com você, e são todas boas—sorri—então se você quiser podemos ir devagar.

— Eu quero—foi a única coisa que conseguiu dizer antes de nos abraçarmos.

— Combinado, pegue as suas coisas e vamos jantar.

— Olha como estou, Olga, meu rosto está parecendo o de um sapo—reclamou.

— Duvido que o meu esteja melhor, vem, vamos.

Agora você deve achar que levei Andrea a um lugar romântico para jantar, mas não, a levei em um Mc Donald's, chorar muito tinha despertado o nosso apetite e não estávamos com vontade de entrar em um restaurante e esperar uma eternidade para nos servirem a comida. Fizemos o nosso pedido e sentamos em uma das mesas do lado de fora para comer com todo o barulho que ele comporta, estava repleto de gente e tinha crianças correndo e gritando por todos os lados, é isso o que o clima bom faz, incentiva as pessoas a saírem. Longe de nos incomodar, acho que gostávamos desse barulho, às vezes tínhamos que falar mais alto para fazer com que a outra escutasse ou nos aproximar uma do ouvido da outra para nos fazer entender. Passamos algumas horas rindo e conversando, rodeadas de pessoas sem que nos importasse que estivessem lá porque na verdade não os víamos, eu apenas tinha olhos para Andrea e Andrea para mim.

Ao terminar a levei até a sua casa, estacionei de novo na porta e deixei o motor ligado enquanto esperava que descesse. Andrea hesitou alguns instantes, até que finalmente virou para mim com as bochechas vermelhas.

— Quer subir? —perguntou em sussurro que mal consegui ouvir.

— Eu adoraria, Andrea, mas não, não vou subir—disse afastando um mecha do seu rosto e lentamente colocando atrás de sua orelha enquanto a olhava fixamente.

— É uma punição? Você quer me punir pelo que te disse? Acho que no fundo eu mereço suspirou.

Tive que me esforçar muito para conter a risada que a sua expressão provocava.

— Não é uma punição, mas quero fazer as coisas corretamente e ouvi dizer por aí que transar antes dos dez primeiros encontros trás má sorte.

— Dez? Não brinca comigo, Olga, além do mais, nós já transamos— disse.

— Sim, mas nós transamos quando não tínhamos nada, e agora temos algo, certo?

—Sim—afirmou com um sorriso.

— Vai, desce—disse divertida, animando ela a descer do carro.

Andrea virou e me deu um beijo com uma intensidade que me derreteu por dentro, tive que me conter muito para não mudar de ideia e suplicar para me deixar subir.

— Vamos nos ver amanhã?—perguntou debruçando na janela.

— É claro.

Não disse mais nada, deu meia volta satisfeita e começou a caminhar em direção a entrada.

— Andrea!—a chamei de dentro do carro.

Ela virou com curiosidade e se olhou de cima a baixo como se achasse que eu tivesse chamado porque tinha esquecido alguma coisa dentro do carro.

— O quê? — gritou enrugando o nariz ao não sentir falta de nada.

— Da próxima vez que eu subir aí não vai ser para transar, vai ser para fazer amor.

Não estava perto o suficiente para me certificar, mas diria que Andrea parou de respirar, especialmente considerando que bem neste momento, seu vizinho, o do cachorrinho, estava voltando de uma caminhada.

— Desculpa—sussurrei suplicando com as mãos enquanto escapava uma risada.

Andrea caminhou decididamente em direção ao meu carro, deu a volta até chegar à minha janela e apoiando os cotovelos nela e com o olhar fixo nos meus olhos disse:

— Amanhã nos encontraremos quatro vezes, e depois da quinta vez, e tudo isso mais o de hoje somará dez, depois de amanhã quero que faça amor comigo durante a noite toda—disse com confiança.

Depois disso me beijou de novo e voltou pelo caminho que tinha vindo, fazendo com que a partir daquele momento, as horas até vê-la novamente se tornassem eternas.

FIM

www.ingramcontent.com/pod-product-compliance
Lightning Source LLC
Chambersburg PA
CBHW031802150726
47989CB00006B/2843